我必须宽容

林江合 著

I must be tolerant

Lin Jianghe

作家出版社

图书在版编目（CIP）数据

我必须宽容 / 林江合 著. -- 北京 ：作家出版社，2018. 1
ISBN 978-7-5063-9873-2

Ⅰ. ①我… Ⅱ. ①林… Ⅲ. ①诗集－中国－当代
Ⅳ. ①I227

中国版本图书馆CIP数据核字（2018）第010498号

我必须宽容

作　　者： 林江合
责任编辑： 钱　英　杨新月
装帧设计： 蒋　浩　赵　云
出版发行： 作家出版社
社　　址： 北京农展馆南里10号　　**邮　　编：** 100125
电话传真： 86-10-65930756（出版发行部）
86-10-65004079（总编室）
86-10-65015116（邮购部）
E-mail:zuojia@zuojia.net.cn
http://www.haozuojia.com（作家在线）
印　　刷： 河北画中画印刷科技有限公司
成品尺寸： 130×185
字　　数： 120千
印　　张： 6.5
版　　次： 2018年1月第1版
印　　次： 2018年5月第2次印刷
ISBN　978-7-5063-9873-2
定　　价： 32.00元（精）

林江合

男，2002 年 9 月出生，现为海口市高一学生。中国诗歌学会会员，海南省作家协会会员。六岁开始发表作品，九岁在《诗刊》发表组诗，十岁加入海南省作家协会，2016 年当选海南省青年诗人协会主席团成员，2018 年年初增补为海南省青年作家协会副主席。近百篇诗歌和文章在《诗刊》《Poems of the World》（美国《世界诗刊》）《诗歌月刊》《中国诗人》和《读者》原创版、中国诗歌网等发表。诗歌《夜游丽江古城》（外一首）获第八届全国青少年冰心文学大赛金奖；诗集《神秘星空》收录林江合六岁至十岁的作品，2014 年 5 月由人民文学出版社出版，是人民文学出版社有史以来出版发行的第一本小学生个人诗集；当选《现代青年》2014 年年度人物——2014 年年度新秀诗人；作品入选《新世纪中国诗选》《每日一诗》《国际汉语诗歌》（2014 年卷、2015 年卷）和 2014 年、2015 年、2016 年《中国新诗排行榜》等十多种经典诗选集；2017 年获中国好诗榜（中国诗歌流派网、《诗歌月刊》等联合评选）“发现奖”。书法作品多次获得各类书法大赛奖项，2016 年获第十九届日中青少年书画展“鸠山奖”，被特邀与日本前首相村山富市一起为颁奖仪式剪彩，前首相鸠山由纪夫亲自为其颁奖。

序一

“轻于精神的都将上升”

张清华

大约一年多之前，盛夏时，我随诗人李少君兄参加一个活动，其间见到来自海南的林琳兄，也即诗人远岸。他将一个正在发育中的瘦瘦的少年介绍与我，说刚好带着儿子路经北京，遂一起来了。我注意到这个十三四岁的少年，有这个年纪难见的一种安静和礼貌，他一直静静地注视我们的谈话——即使是关于诗歌的枯燥话题，他也并无半点不适和焦躁。我有些不忍，暗示几位，我们照顾一下孩子的情绪，谈点别的。但没想到这样一说，远岸兄来精神了，他说，这孩子也写诗，他不会反感我们的话题的。

初时我未以为意，也知道这个年纪的孩子有不少是涉猎写作的，家长自然也愿意起个哄，将之当个特长来培养。但十有八九所写的，都是些语焉不详的东西，你也不能说人家孩子没有天分，但就写作的性质而言，实在只是一些“近似诗歌”的东西，通常是意绪堆积加修辞游戏的混合物，初时还有热情，后就渐渐烟消云散了，周遭这种例子比比皆是。然而，当我认真打量一下这位叫作林江合的少年的诗歌的时候，还是不禁被他的句子吸引住了。

泥土紧闭嘴巴是掩盖什么？

“太阳，明亮的光线 / 显然是障眼法 / 月亮的指纹很可疑”，“鸟在枝头唱歌 /——这难道是得手后的喜悦？”……在这首叫作《一次推理》的诗中，我读到了准确而又奇异的诗意与想象，它将少年的奇警之思，与对这个世界的某种怀疑、期冀和判断，结合得如此贴切。很显然，江合的写作能力远超出了我寻常的判断，他让人感到了一种力量—— 一种令一切忽视他的人心生惭愧的力量。

之所以绕道这儿，是基于我惯常对诗歌文本之构造秘密的一种理解。我以为，在初级的写作中，人的作用在文本中所占的比重实际并不高，而词语本身的作用——经由陌生化的“强行嵌入”，因分行和中断等形式所派生的“词语的蒙太奇效应”，反而显得更重要。换言之，常常不是作者在写作，而是词语在“自动写作”。大量对于诗歌的误解即来源于此，某些具有通俗和流行调调的写作，其“蒙人”的秘密也在这里。词语的随机组合加修辞游戏，所产生的意义的滑动与不确定，极像是青春期“情绪的分泌物”，具有相似的不确定性。某些人正是将这些东西误以为是“诗意”，如果是出自未成年人之手，我们可以将之视作“青春期修辞冲动”的派生物；而如果是出自成年人，那我们就应该对之保有警惕；如果是出自专业的写作者，那么就是一种词语的欺骗术了。某些个曾暴得大名的流行诗人后来被诗坛弃如敝屣，便是出自这个缘由。

这给我们谈论少年诗歌找到了一个起点。我的意思是，“真正的诗歌”其实是不分年纪的，当年兰波十六岁便写下了他的传世名篇《奥菲莉亚》，“苍白的奥菲莉亚，你美如瑞雪，是的孩子，你在汹涌的河中葬身……”他以少年之身，居然称四百年前莎士比亚剧中的虚构人物奥菲莉亚为“孩子”。诗中他对于人文主义的理解，超越了时间、地域、历史和人性，也超出了一个少年所能够企及的一切，其旷世的广远、深沉、苍老，足以让一切虚度百岁时光的人感到惭愧。兰波传承了一切浪漫主义的遗产，同时又赋予诗歌以一种真正的现代气质，他甚至在人格上也刻画出了现代诗人的精神肖像。这表明，少年的诗歌并不必然就是“青春期的修辞冲动”“词语的能指过剩的游戏”，而可以是有明晰思想和确切诗意的文本。

当我以这样的标准看江合的作品，特别是他近一两年的作品的时候，我感到，它们是可以放到“真正的诗歌”这一层面上来考量的。所谓真正的诗歌，即是确切的、有主观上确定的语义指向、有经得起细读的思想与艺术的含量，有可以细剖的内在形式与构造的文本。用如此苛刻的标准看江合，他也是可以站得住的。

乌云，是改革前的号角
蓝灰色的身影
铺天盖地地涌向这个城市
淹没了最后一桌光线

你能设想这诗句是出自一个十三岁的少年之手吗？这是江合的《4 月 22 日为乌云所作》。他对于某一日自然界密布的景致，居然可以做出这般出其不意的点化，充盈着现实的坚硬与恍惚感。景物是确切的，意象精准而集中，他收拢与舒张、生发与提炼的能力真的令人吃惊：“水幕即将关闭这座城市 / 月亮被疾驰的车轮旋转成时间的鬓发 / 罪恶的空气 / 又期望什么呢”，“救赎 / 是天使的附庸 / 沉默者无权拥有”。我不能不说，这首诗所收纳的敏锐的现实感、包括对于自然的经验、对于无意识的触及深度，是许多成年诗人也很难达到的。它既经得起细读，又非由观念敷衍而成篇，可谓在感性与诗意的交织中自动绵延生发，言其臻于佳境，也不为过。

而且这样的篇章在他的诗集中并不罕见。另一首《致长城》更为简练和犀利，其直刺人性与历史的锋芒，更为迅捷和到位，让人很难相信这是十四五岁孩子的话语，非是读书过人者不能为之。“阴谋家们 / 站在山脚下 // 他们匍匐穿过英雄的骨骸 // 破败的龙 / 复活在他们心里”。这样的见识，让站在长城下所有成年的庸碌之辈和英雄才俊们，都可以一同心生惭愧了。这些诗歌的价值，在我看来还不止限于其本身，它们所呈现的，其实是一个写作者的境界和胸襟。它们显示的写作动能的来源，不是源于内心的自恋自怜与自怨自艾，而源于一种广大的关怀。这种关怀与千年来中国诗歌的内在之物是息息相通的，只是将那种人格化和业已概念化的愁苦或悲催，予以自然而然的改造——将之升华为一种现代的荒诞与怀疑。这种怀疑有时还远远超出了一个孩子的心智的可能：

商人的歌声

颂扬破烂的道路
门　狰狞在树根
这片土地
正腐烂在钢铁的怀抱

这简直是对于文明的凭吊了，这首《它》让人想起惠特曼的《伐木者醒来》，想起郭沫若的《凤凰涅槃》，想起艾青的《太阳》，也想起海子很多耳熟能详的篇章。它再三真切地提示我们，江合是不可小觑的诗人。

显然，“诗意的确定性”是检验一个写作者的才能，检验一个文本是否真实有效的基本标志，尤其对少年写作者来说。如果说，外在观念可以帮助在某些时候“权且解决”一些难题，但从日常经验出发也可以抵达确切的诗意，那就不是一般的本事了。我的意思是说，在类似如上所举的诗歌中，假如确定的社会或政治性可以帮助本不确定的东西获得一种明晰含义，那么日常性的事物与经验的梳理，则更能够检验写作者的能力。在《春颂》一首中，我注意到江合触及了一个非常难于把握的主题：春。当年十九岁的根子在插队白洋淀的生涯中，在极“左”年代的疯狂里，表达了一个成人礼式的独立与叛逆主题，与他所处的“娼妓般的春天”的决裂，已是属于振聋发聩的天才之作，而江合又如何处理这样古老而易于落入俗套的主题？然而他成功了。

他先是用了极简练和跳跃的方式，将“春”所包含的生命、丰沛、青春，以及播种与劳作的种种属性与主题一一点到，用了相当具有“陌生感”的词语，将之一一编排梳理：“我从未忘记 / 你大理石般　鲜花盛开的胸膛 / 你深如汪洋的眼睛 //——这是不求上进的酒鬼酩酊的理由 / 不愿劳作者刻下碑文的时刻 // 你给予农夫肉体的深沉惩罚 / 给予这些可怜人　期盼的煎熬”……春的慷慨馈赠中，既有人间美景，也有耕耘苦役，她带给人的苦乐悲欢都是互抵等值的。但这些似乎还并未超出常理，让人折服的是，江合随后居然触及了一个最为核心的难题，即“我”对于这春天的态度：

我很庆幸
在年轻时　能目睹你轻快的一面
不至于　还未赞颂你的独裁

便沉没在行尸走肉般
四季的更替

仅从这几句看，我们就没有理由轻视这个少年，他正说出我们这些世故的成人也无法说出的语言，他对个人与春天、与四季的关系的理解，同历史上许多优秀的诗人相比也已经毫无愧色。他对于“独裁”“行尸走肉”这样一类词语的处置，更是有出奇制胜之处。这就不是靠了飘忽的语焉不详和跳脱的含糊其词，来支撑或敷衍诗意了，而是具有了成熟诗人一般的直抵要害与一击致命的准确。

同样的例子还有很多，在《画》一首中，他表面写了如画的乡村风景，但这风景是相对于“看客”而言的，换言之，只有看客才会将这乡村看作“风景”，而在少年的眼里，却是实在而悲凉的生存之状：“丑陋的孩子　被金色闪光的书 / 压死在他日夜耕作的土地上”，“大地上农民的呼救 / 湮没在画框的阴影中”——

神

知道这一切

这首诗可以颠覆多少将乡村视作风景的诗歌，让那些写作者无地自容。我必须说，江合使我作为读者产生出了一种由衷敬意，不止对于他的文本，更是对于他所持的伦理，一个真正写作者所必须保有的自省与悲悯、理性与良知。

但我不想只强调江合“成熟”的一面。对一个少年来说，还有许多无须逾越的东西更有价值。如果说诗歌是生命开出的花朵，那么这花朵一定也有季节的色调，有些想象与年纪一定有着对应的关系，只有年轻的兰波才称得上是“通灵者”的兰波。在江合的诗中，许多奇警的想象依然显露着与他年龄相匹配的童心与童趣。在《为草原所作》中，这种奇异的想象就给人留下深刻印象：“乡下的路 / 太窄 / 山的灵魂 / 要侧着身 / 才来到草原”。短短几句，就把山地与草原的属性直观生动地呈现出来。“草原的路 / 太宽 / 白云之下 / 只有一棵树 / 树的旁边有一个矮胖的神 / 神左手拿着烤羊 / 衬衫的第二颗扣子敞开着”。真是“神来之笔”，草原上这位吃烤羊的人，可能只是一个普通的游客或土居的牧民，但他悠然开心、自在放达的样子，分明如同神仙。透过对于这样一个人物的刻画，江合实现了对于草原这一具有神性意味的存在处所的想象，也使这首诗获得了诗意的升华，有了难言之妙。

童趣与童心在江合诗中有多重要？我以为，不论他有多少成熟历练，他年龄的痕迹依然难以掩藏。类似“近处的云托着腮帮 / 用柔顺的鱼钩 / 钓着土地”（《窗外》），“风扯开海的鳞片 / 垂手而立的房屋迎着星光低吼”（《骑士》），“阳光铲开大地 / 鱼的头盔熠熠生辉”（《鱼》），“夕阳被叶片摁低了头／它随我的呼吸上下颤抖”(《夕阳》)，都是例子，其想象的诡奇与鲜活都称得上如今诗歌写作中罕见的“以意象胜”的典范，这些曾几何时专属朦胧诗的专利，如今在成年人的诗中似乎已不太能够成立，但在江合的诗中仍是精彩和有生命力的，原因就在于它们与童年思维之间天然的契合与匹配。

我还想举出一首《迁徙》，来强调其感性与童趣的天成：

“云朵拖家带口
满世界奔走去寻找一个山头

或者沼泽”

——写到这里时
窗外有乌云啼叫

北风吹开的花
在清冷的喧嚣中
摇摇欲坠

这是自然带给他的灵感，一朵乌云携带着迁徙与流浪的本能，唤醒了写作者心中的遥想与憧憬。这是莫名的，难以言喻的，同时包含着隐隐担忧的憧憬，作者将之传神地描画出来，让人过目难忘。而且我注意到，这首诗最后特意留下了“2016.6 作于课时”的落款，是想告诉我们，他既困于一种无法逾越的制度化学业，同时又有一颗云一般流浪的心，这样一番矛盾的心境，不由得让人心生不忍，看到一颗困于笼中的童心的搏动与挣扎。

这也不失为一种纯真的可爱。

江合的一首关于红酒的诗，是我不能不单独提到的。其所以珍贵，在我看来倒与红酒本身作为饮品无关，而是显示出他从一个世俗话题中升华出精神命题的能力，简直令人喜悦。“轻于精神的 / 都将上升”，这首《轻于精神的》，于轻巧的跳转中出现了一个肉体经验与酒神精神之间互融互悖的命题。在我看来，江合以小小的年纪，已经可以体验酒神之妙，确乎不是一般资质。酒本身或许并无神性，但其妙处在于，它可以召唤酒神附体，饮者亦可经由这条林中小路而羽化登仙，所以江合说：“水对思想的浮力 / 不会上升 // 近视眼，瞎子 / 土地，绅士 / 不会上升”——

红酒——哦，红酒

它比空气重了太多
比精神
略轻一点

出产酒的葡萄、土地，人间的凡夫俗子都不会上升，但经由酒的力量，源自生命与自然共生的酒神会苏醒过来，会飘然上升，给人制造出种种妙不可言的幻觉与体验。这玄之又玄的命题，江合何以如此轻逸地拿捏与掌控，令人匪夷所思。与空气相比，精神似乎略重，但问题是酒本身，它重于空气，又轻于精神，居然是能够说得通的。

江合的诗还有难以尽述的好处，在这样一个年纪就写得如此成型、成熟，对于他自己而言也是一个挑战了。我留意到，他在最近一两年写下的作品与前些年相比，已有了质的提升，因此如何更进一步就显得不易。我不太相信“努力”和“刻苦”，提高功课的成绩或许可以依靠努力，但写出好的诗歌，实在是需要更多慧根。迄今为止江合所依靠的，可能依然是少年的才华，或许还有家学渊源的传承，他对于语言的敏感与直觉，这些从诗中都是可以看出的，但更长久的前进要靠什么？应该是专业的精神，更广博的阅读。只有“逾越少年”，他方能够成为未来的、应当是的那个江合。

童年和少年都是美好的，但诗歌之路愈向前行，愈有可能展露出其幽深和黑暗的一面，作为长辈和读者，便面临着一种矛盾：希望孩子的人生之路平顺，同时又希望其诗歌的道路渐愈深远，相信其能够平衡处之。

“轻于精神的都将上升”，这里面包含了两个命题：一是精神虽出于无形，但却是有分量的东西，它最终不会虚飘散失；二是与精神相似之物很多，它们最初都具轻逸之形，但最终会分道扬镳。这是江合从酒之中所获得的启示，但在我看来也可以当作他自勉的座右铭。只要其与精神同在，诗歌的灵性与深度便不会丧失。

说了这么多，拉拉杂杂，言不及义或言过其实，唯愿聊作祝福，希望江合能够走出完美的人生之路，写出更多更好的诗篇。

2017 年 10 月 6 日深夜，北京清河居

序二

向一位天才少年诗人致敬

潇　潇

为一位天才少年诗人写序是困难的，犹如我们仰望夜晚的天空揣测火星的心事。最初读林江合的诗，从他的思维、意向、表述、语言质地，都可以确认他是一个成熟的有个性的诗人。随着读的越来越多，从他的成熟里读出了更多的单纯和惊奇。单纯的成熟和成熟的单纯，他诗歌的小宇宙对我们这个复杂、世俗、武断、粗坯的成人世界，发出了静静的呐喊之光：“我必须宽容！”是的，当我读到一位十四五岁的少年诗人这样的诗句时，犹如触碰到火星的寒冷。我的内心在发抖！在惶恐！在羞愧！在祈祷！是什么样的情形，什么样的事件，什么样的社会，什么样的人类，竟然让一个阳光少年发出了如此超验的重金属般的声音！“我必须要宽容 / 我——必须要宽容！/ 即使海水激涌的浪花溅射不到

峭壁 /——壁上的城堡 / 城墙将会铭记 / 用……/ 不朽的指尖 //……// 我看见所有人 / 在空气的痣里 / 颜色深浅 / 熔化的 / 光的大小 // 叶片痛到弓起腰 / 突起的血管 / 蜿蜒潇洒 /——像执刀轻笑的大侠 // 在他的最后一丝风里 / 蔓延成 / 痣”。在这首诗的每一个音节、每一个词里，我都能感受到来自灵魂深处的重量。同时惊讶于林江合天马行空的想象力和精准的诗意抵达！“我看见所有人，在空气的痣里”，天哪，我在猜：小江合把人间的黑、暗隐喻成空气中一颗无限的痣吗？难怪“叶片痛到弓起腰”……而“执刀轻笑的大侠”也许就是诗人自己吧?！当我读到这样的诗篇时，我的灵魂也痛到弯曲起来…… 我们喧嚣、繁华、加速度的世界真的病得不轻…… 而对这个世界的病灶，小江合像一个经验老到的医者，在一首短诗里借用一枚叶片的疼痛，一颗痣的黑的延伸…… 他像一个“执刀轻笑的大侠”，轻轻地把脉点拨，表述他年仅十五岁，却又远远超出我们一般成年人的胸襟和豁达。在这里，我由衷地以一个同行的赞赏，而不以一个前辈的姿态来向这位天才少年诗人致敬！

“诗人是被驱逐的神明 / 奥林匹斯的太阳向地心升起”这是林江合《它》中的诗句。由此可见一个十四五岁少年早熟的聪慧和对现实超乎常人的洞察力。奥林匹斯被古代希腊人视为神山，希腊神话中她诞生于地狱深渊、根植于灵魂之河，从混沌中渐渐形成，统治世界的众神都住在山顶，这也让她成为了力量和权力的绝对象征。而在这位少年诗人心里，当一个时代诗人是被驱逐的神明时，奥林匹斯的太阳只能向地心升起。林江合把希腊神话如此巧妙贴切地运用在当下的语境中，让我们内心感同身受的同时，也产生无限的想象……“它的灵魂 / 一次次被根号分割着 / 残存不多的语言被分割着 / 天空开始融化 / 云与风开始流淌 //……// 车在废气中不朽着 / 灵感在不朽中污染着”……在诗人展现的这样一幅后现代倒错、荒诞的图像中，灵魂可以被数学的根号分割，语言可以被分割，天空、云朵……一切似乎都可以被分割！我们将怎样安置那被污染的灵魂呢？！这首诗太大的信息量和张力，让我想到宋代张择端的《清明上河图》，只不过，画家用长卷形式，采用散点透视构图法，生动记录了中国 12 世纪北宋都城的城市面貌和当时社会各阶层人民的生活状况。我们的少年诗人却以他独特的像数学一样单纯的视角，把这个时代复杂的精神图像，用叠加、穿越、折射、隐喻、折叠、粉碎……的方式，浓缩在一首短诗里了。我不得不重复一句老话：自古英雄出少年！林江合在这首短短二十五行的诗篇里，用他敏感而充满陌生化的想象，把我们生活中麻木、倦怠、习以为常的词语、事物、行为、像痣这样的身体特征等，自然地糅合在一起，为我们呈现了一幅当下“后现代精神拾荒图”。坦率说，这首诗我读了很多遍，每一次阅读都带给我同样的震撼！我心里暗暗庆幸，一直以来不敢小觑后辈年轻人，不然在像林江合这样的小小少年面前倚老卖老，肯定会遭耻笑的。因为N年前我比现在的小江合大三岁的时候，就在心里狠狠轻蔑过一些自以为是，却被缪斯抛弃的为老不尊的长者！

然而，小江合是一个在成人圈里安静、礼貌、温文尔雅的少年。记得第一次见他是在北京的一个深秋，由他的父母陪着。他的父亲远岸兄是一位我敬重的诗人，无论诗文还是人品，在这个缺乏诚信和修为的年代，都是低调而闪闪发光的。我从身边的一些诗友口中听到过对远岸兄的一些由衷的赞美之词，比如北岛、少君、清华、臧棣、五昌、雁西、海波，等等。因为这孩子写诗，我们互加了微信。后来每到大的节日，小江合会到我的微信留言，祝福节日快乐！那时他才十二三岁吧。最初我以为是他的父母提醒的礼貌结果，在一次诗友的聚会上，我特意问了远岸兄，才知道，原来都是小江合的天性，他们大人并不知道。当时我就被这孩子的教养、善良、关爱他人的初心所感动！我也时不时到小江合的朋友圈去浏览他的即兴之作。某一天在我读完他的《2017》时，真把我惊着了！小朋友才十五岁，但他的诗却突飞猛进的大胆、成熟。语言干净，犹如青草般自然，有着没有被这个世界污染的诗意的自由和率性。特别是读到："2017/可爱得很/细腻得很"这样如天籁般自然又充满童真趣味的诗意流淌，感觉2017就像一件心爱的毛茸茸的宝贝，那么有质感，完全与冰冷的时间无关。我的内心仿佛也被一丝甜蜜和温暖充满。我曾在一首《他们脸上的乌云》中这样表述："2017暗流涌动/像一条任性/席卷的流沙河/把世界撕扯进/这非凡、是非、鬼魅/转折的一年……"这里尽显了成人思维对这个混沌世界的不可预测、焦虑、隐痛、沉重与无奈。但是小江合的诗思为我们提供了一个全新的维度。2017作为年份，它四季的冷暖、它人间俗世的复杂、它嘀嗒嘀嗒的时针指向、它光阴中的空间，在小江合的文字里被一一过滤掉，被抽象了。像英国数学家、逻辑学家艾伦·麦席森·图灵一样，用神秘又简单的感觉方程式，小江合为我们这个自然充满了生长、发展、混乱的世界，描述了他感知的最单纯的生命初始状态，然后让它进行演变……"然后/时间背后/你的眼睛闪烁/黑夜旋转着/淡蓝色的星星一颗一颗/藏在轻轻的云后//当然/冬日的太阳没那么简单/吉他混合着琵琶/粗粝的香气//当然/2017/可爱得很/细腻得很"。在这有序与混乱之间的物态世界里，小江合无意间为我们打开了一个通向艾伦·麦席森·图灵的视角，即艾伦·麦席森·图灵为人类发现的奇特而难以置信的生命的秘密：可以用最简单的数学方程式描述最复杂的生物世界。正因为此，人类才发明了计算机。这就是小江合的厉害之处，他轻轻松松，自然而然就抵达了生命系统的核心！也许冥冥中，超乎寻常脑洞大开的天才都是相通的，没有年龄、时空、学科的界限。

一个诗人如果仅仅有对词语、语言移动的天赋，而没有一颗对他人和世界的仁爱之心，也不是最好的诗人。犹如黑鹰，其他性能再好，发动机有缺失，也飞不上天空。难得的是，小小年纪的林江合，虽然在家境殷实、精神丰富、教育良好的环境中成长，却有一颗对他人和这个遭毁损世界的仁爱之心。那首《他》就是例证：“他沟壑纵横的手 / 攥着他那赖以生存的锄头 / 锄头杆上的青草 / 从他的脚下一路肆虐着 / 驱走了飞扬的眉毛 // 今年不是个丰收年 / 小麦挣扎着从迂腐的秋风中 / 一步一步艰难地踏进了大地 / 月光还来不及收割他沉默的忧愁 / 空气 / 比谎言更锋利的空气从他的鼻腔 / 推开了地球”…… 这完全是一幅带着忧伤的现代农事画，“他沟壑纵横的手 / 攥着他那赖以生存的锄头”，两句简洁的素描就勾勒出了一个饱经风霜的农人形象，活脱脱站在眼前。笔锋一转，“今年不是个丰收年”，小麦的挣扎，“迂腐的秋风”让我们很容易联想到杜甫那著名的《茅屋为秋风所破歌》，整首诗的氛围、空间和气象一下子高远，穿透，恣意了……接着“他站在父亲、父亲的父亲、母亲……代代困在春天的土地上 / 他轻轻把冬天放进胸膛 / 他站在父亲、父亲的父亲、母亲……代代凝望的村子一头 / 背后是不断蒸发的波涛 / 远隔着神、信徒和异教徒 / 村子的那头 / 是寂寞也无法摧毁的清清的南方”，在这里，我看到了乡村赖以生存的土地上，农民依然一代又一代重复地劳作，重复地与季节抢收成，重复的贫困与胸膛里那若明若暗的火焰……就在被一种浓烈的忧伤笼罩时，诗人林江合突然神来之笔：“远隔着神、信徒和异教徒 / 村子的那头 / 是寂寞也无法摧毁的清清的南方”。是怎样的信念和修为，让一个家境优越的少年能感同身受这块土地上司空见惯的沧桑，感知他们世世代代无论多么艰辛，仍然没有丢失的那一颗坚韧的初心——犹如无法摧毁的清清的南方！的确，年仅十五岁的小江合凭着他对弱势群体天然的仁爱情怀，以及他超然地驾驭现代汉语诗的能力，用广袤的视野为我们绘制了一幅穿越光阴、折叠时空的批判现实主义的悲悯图像。这类充满悲悯、仁爱情怀的诗歌还有《电梯和哈密瓜》等。小江合对日常生活经验的诗意提升和非凡处理能力也是让人注目惊叹的。电梯与哈密瓜是我们身边再普通不过的事物，但在小江合的笔下，他把一次吃哈密瓜后坐电梯的小事件，以巧妙的视觉、触角铺陈在某一个特定的瞬间，就这样词语与语义碰撞后产生的奇迹发生了，原来普通的词、被厌弃的生命——苍蝇、拾荒者麻木的面庞、随意的小细节，如“那坚韧的甜蜜的丝线般的牵挂 / 卡在我的牙缝里”，多么鲜活、新颖又精准的表述！仿佛都异乎寻常地赋予了另外的景象与来自心灵深处的触动与考量。最后他高妙地借一只苍蝇的眼，洞察了人间的世态炎凉：“盘旋在嘴边的苍蝇 / 依稀看见 // 门缝外 / 拾荒者麻木的面庞”。

林江合诗歌中的天赋异禀随处可见，我在阅读他的作品时常常忘记他的年龄，被他诗篇中的那些珍珠、玛瑙、宝石、星星……吸引。比如《为草原所作》：“树的旁边有一个矮胖的神 / 神左手拿着烤羊 / 衬衫的第二颗扣子敞开着”；比如《写给某个》：“潮汐日夜叩着我的门 / 字母像思念一样涌来”；比如《台风、雨、蜡烛和无星之夜》：“风 / 鼓着腮帮 / 吐出 / 令人凉爽过度的东西 / 掺雨”；比如《底色》：“鸟的鸣叫像石油一样 / 喷涌而出”……如此这样的清馨、自然、俏皮、又具有诗艺闪光的句子，在小江合的行云流水中处处冒着灵气。如果说林江合的诗是语言朝向自身的优美，他的诗才、天赋让我折服，那么他的《空白》这样完全超出少年心智，超越地域、人性，直接与死亡对话的篇章，就让我在心里暗暗佩服的同时，不得不咋舌了！死亡是哲学的终极命题，当然也是诗歌的。当我们谈论大诗人时，死亡往往是他们在诗中探入最深的一部分。而对于十五岁的小江合，他在《空白》中是这样用语言穿越死亡的："死神的鼻息坚硬得像春天 / 它将会与哪片空白 / 在病恹恹的阳光里 / 谈谈未来？"他把描述死亡的联想，在下意识的舒张和收拢中，提炼到另一个新的疆界。难怪，法国当代著名哲学家阿兰·巴迪乌也感慨，诗歌总是让哲学惊慌！ 毫无疑问林江合的确是一个天才少年诗人。也许我们读一首他的《半夜和老爸读诗》就能更深切地了解这一点。"我　声音小得可怜 / 只在老爸的话里听到回声 / 台灯低眉顺眼 // 诗在被读时　想些什么？ /——今早到访的小鸟 / 半夜徘徊的海 / 猴子面前我们是什么 //——除此之外 / 一切静谧无比 // 还好这儿有两个人 / 窗帘拖拉着夜色"。这首诗，轻轻的语调，却如此的简练、犀利。声音小得可怜，却振聋发聩！是的，我们资讯爆炸的日子，口水诗满天，灯光驱除了动物的夜晚，猴子懂得黑夜的珍贵。而人类却倒错了！" 诗在被读时　想些什么？ /……/ 猴子面前我们是什么"？这样的提问已经不是一个少年青春期幼稚的迷惑，而是当下面临着越来越多的困境时，人类应该反省的哲学命题。这首诗意象空灵，思想明晰，语言灵动，修辞精准，诗意悠远。

其实这就是小江合的日常生活状态——夜晚与父亲读诗。一个天才少年诗人的出现并不是横空出世的。不记得是哪年了，在海南参加海峡两岸诗会，活动中少君兄介绍远岸兄我们认识。聊天时最让我惊讶的是，远岸兄不仅自己把红酒的灵魂与生命写到了极致，他还为我们这个残缺的物态世界，增添了一种诗意的亲情教育模式：夜晚与儿子一起读诗。如果不出差，他几乎每晚都与儿子一起读一首中外诗歌才入睡。那时的小江合估计才几岁吧。可以说我们身边的优秀诗人与外国的佳作名篇，小江合一定读过许多。这样的诗意熏染教育，在全中国恐怕也是罕见的！这就不足为奇，为什么林江合在小小十五岁的年纪就能写出如此老到、奇警、细腻、汹涌，经得起诗艺打量的文本。更庆幸的是，小江合发展很全面，他的书法也很好。2016 年获第十九届日中青少年书画展“鸠山奖”，小江合被特邀与日本前首相村山富市一起为颁奖仪式剪彩，前首相鸠山由纪夫为江合颁奖。在生活中小江合更是生龙活虎，几岁就会打高尔夫球，现在篮球的手艺也了得，喜欢科恩那样充满男性磁性的音乐，还有对红酒极致的精彩，像他的父亲一样有极高的热情。面对这样一位充满无限可能的小同行，唯有祝愿、祝福！我清晰地看见今天的林江合不是昨天的小江合，明天的林江合是东方江合，世界江合。

2017 年 11 月 11 日 于北京

序三

天赋·灵奇·生机

敬文东

林江合六岁开始发表作品，已有二百余首诗作面世，但到今天他也不过十五岁。有赖于少年人的精纯、素朴、专注的感受力，还有丰盈、开阔的想象力，江合的诗歌乃是身体对事物变化的当下反应，也是想象力在贴近事物变化的秘密时的神秘愉悦。

一般说来，诗人感知事物变化，激活心灵，是诗歌写作得以成立的主要原因，正所谓“人禀七情，应物斯感，感物吟志，莫非自然”。他们从事物的变动中，感受到时间的流逝，引出一种“推移的悲哀”，即使是少年江合也似乎莫能例外。他在成长的喜悦与期待中，偶尔也有浓淡不一的忧愁，一种被他少年化了的“悲哀”，由其看似单纯、充满朝气的诗作纳入自身，形成了一种奇异的美学效应。

少年江合对事物变化的感受，摆脱了在成年人那里普遍存在的名利负累和焦虑感，纯然出于好奇、疑惑与乐感，自由舒展着感受与想象。他以全息的敏锐感官，去感受纷繁复杂事物的变化，并用奇思妙想，揣度这些变化之后的天机与秘密。他写道："雷霆 /……/ 从无边的星光中　轰的一声劈散了宇宙 / 粉色的小溪 / 从森林的高塔倾泻下来"（《思月》）。小江合想象月亮出现的场景，极富奇妙韵致和声色律动。夸大一点说，这满可以视为江合在理性原则盛行的现代社会，对《天问》的雄奇想象力的一次当下回响，却不无心态上的天真与行文上的祥和，既符合他的年龄，又不符合他的年龄。他在广袤的宇宙中自由游走和环视，以素朴的心灵与宇宙直接交流。江合诗歌中自然、清新的节奏，正是对这种游观事物变化之节奏的直接显现。他用新奇的想象力串联起时空，织染事物变化背后的秩序和经脉。事物的变化是宇宙中的一次力的律动，也是诗人心灵的一次情思感动。诗歌在呈现世界的勃勃生机和盎然奇趣时，连同诗人的活泼心灵也一并呈现了。

在世界面前，小江合不采取知性的渗透，他更愿意贴近：用鲜活的身体，感触事物充满奇趣和生机的各种变化，尤其是变化的各种细节。这种观物方式，竟无意中有类于老子所谓的"复归于婴儿"。他以本真的童心，以整体浑然的意识，开放地感应各种宇宙现象，并与之应和。当然，老子向往的这种素朴状态，是出自成熟稳定状态的后置设想，而在江合的诗歌中，因为少年敏锐、纤细的感觉，面对事物的变化也隐隐显露出对不确定性的隐忧、对事物消逝性的“物哀”。他在《朋友　艾历克斯》中写道：“艾历克斯嗫嚅着　他想说什么 / 孤独踏着空气急匆匆赶来 / 像酒塞一样堵住了他的嘴　不透风的玻璃 / 拉长脸 / 哦　可怜的艾历克斯 / 火山就要爆发了 / 你为何迟疑着不走？”而在《一次推理》中，他更愿意这样说：“——终于我看见 / 寒冷在向世界兜售 / 它的离去”。这种隐忧情绪，增加了江合诗歌中下沉的力量，平添了些微沉重的音响，用以平衡过于活泼轻盈的声音和姿态。这轻盈之外的些微沉重，为江合的诗歌带来了某种复杂的意味，既符合他的年龄，又不符合他的年龄。

史蒂文斯说：“一个诗人必须成功地为自己而感觉并且充分地表达自己。”史蒂文斯的意思是：所谓诗人，就是在感受、认知和再现自我与世界的方式上做调试的人，他在不断炼制自己的隐秘配方，以获得描述自我和世界的最佳方式。一种有效的写作，是在自己身上发现一种新的感知方式和内在视力，犹如发明一种新的光学仪器，改变我们看待世界和自我的眼光。江合基于童心的感知力和想象力正是其中有效的探索之一。他在诗歌中描绘的，正是敏感的身体与世界接触的当下瞬间，一个薄而易碎的界面。他在这个界面上率性地做着调试。他在轻与重、快与慢之间，寻求一种巧妙的平衡，不穿透事物的表皮，而以直觉触及事物内部生长的力量，这源自童年生命的生长性和世界自身的生长性的感通。这种感知和平衡能力在江合这里甚至不是一项习得的技艺，更有可能是一种天赋。在天赋的指引下，江合试探着一种新的感知类型，表现出了自我的活泼和世界的灵奇。这集中体现在诗歌《阁楼与早晨》中：

红色
止不住的眼泪

还有青黑色
欢快得诡异

橙色迷茫

绿色
绿色早已颓废
腼腆的肚子渲染着酒气

蓝色粘在窗户上
钢铁虚伪得一塌糊涂

阁楼的钟声还没盖紧
盐一样咸涩的金色席卷而出

太阳的眼睛
花一样绽开

江合犹如一张浑身充满敏感触点的感光底片，在和世界的相遇中，当即捕捉和呈现事物变化的光影和踪迹。他用诗歌传达出这样一种感觉：世界不是固定不变的原子结构和理性架构，而是一缕缕跃动的光线，一片片流动的色彩，是无所不在的初露端倪的潜能、动力和生机。在这里，没有生存的重负，没有压抑，只有一派春光普照，一派灵动的生机，一种自然而然生长的希望，如初露的曙光，花儿的萌芽。这就是世界在江合眼中呈现出的天机和生机。而所谓天机，就是世界含而不露的真理。少年江合对天机的直观，有赖于全息的观看和想象之后的总体呈现。这种感知力和表现力属于这个特殊的年龄，增不得半分，也减不得半分，增一分便偏向偏狭，减一分则滑向稚拙。这恰如初升之日，不是以强光照彻万物，而是以晨曦温柔地涂抹寰宇。

愿林江合本此初心，走向广阔和厚重。是所望焉。

2017 年 11 月 12 日 于北京

目 录

第二辑　大象与香蕉

第三辑　站在海水环绕的地方

第四辑　连着阴雨的天气我所不知道的

第二辑・从神到人

名家寄语

著名诗人、“诗魔”洛夫：

你是旭日东升，我乃夕阳西下，我们虽是同一个太阳，却各自占有不同的方位，各放各的光。

著名诗人、中国作家协会副主席吉狄马加：

一个曾写过纸飞机的少年，他的飞翔提供了所有的可能，这本让我们为之欣喜的诗集就是证明，我相信他会飞得更远！

著名汉学家、诗人、翻译家顾彬（德国）：

当代诗歌目前太复杂，因为人与自然越来越多的对立。我们该再作为山水的朋友，回到自然中去。林江合在这个方面是一个好榜样。他的名字把森林与江河变成一个，他的诗歌把诗人与宇宙作为一个。这样最简单的东西在他的笔下回到它们原来的存在。

著名作家韩少功：

少年情怀在诗与远方绽放，江合的“宽”与“容”非比寻常。

著名诗人李少君：

江合具有超出同龄人的开阔视野和宽广见识，加上他非比寻常的想象力，我相信假以时日，一定会让我们更加刮目相看，因为他已经让我们大吃一惊了。

著名诗人、中国诗歌学会会长黄怒波：

江合是中国诗歌学会最年轻的会员。他用他的诗句解读世界时，已经尝试用“宽容”的尺子了。这应该是一种新诗学的指向。透过他的“泥土紧闭嘴巴”去猜测，我们看到了新一代诗人的到来。

我为什么是诗人

我想写小说
太累
于是停下笔

后来
我想写散文
没意思
于是扔掉纸

再后来
诗歌与我
一拍即合

并且
它最省事

于是我成了诗人

2014.7

老手艺人

萧瑟的秋风里
老手艺人紧紧攥着
这么多年　他赖以生存的活计

老手艺人背后的黑暗里
圣母院的颂歌
像死神镰刀
扼住了老手艺人混浊的咽喉

所谓光明
放肆笑着

2014.9.1

4 月 22 日为乌云所作

乌云，是改革前的号角
蓝灰色的身影
铺天盖地地涌向这个城市
淹没了最后一桌光线

水幕即将关闭这座城市
月亮被疾驰的车轮旋转成时间的鬓发
罪恶的空气
又期望什么呢

救赎
是天使的附庸
沉默者无权拥有

2015.4.22

它

它
阴暗的词藻
树梢忧郁的枯叶
僵硬的血与肉游荡着

它
黑夜的草原上
最后一双未眠的眼睛
流连着冻结时间的闪电

它的灵魂
一次次被根号分割着
残存不多的语言被分割着
天空开始融化
云与风开始流淌

它竖立着
回旋在每滴水珠上

被镌刻出镂空的屋檐

商人的歌声
颂扬破烂的道路
门　狰狞在树根
这片土地
正腐烂在钢铁的怀抱

车在废气中不朽着
灵感在不朽中污染着
诗人是被驱逐的神明
奥林匹斯的太阳向地心升起

2016.2

或者诗人，或者德古拉[①]

我正在考虑做黑夜中的人
不再关心任何事

只专心写诗
坐在月亮上
坐在月亮上的宫殿里
门前饱满的花朵旁

写它的月光

2016.2

① 德古拉是西方传说中的吸血鬼，只能在晚上活动。

给森林的情书

你说你来了
红霞满天
粗糙的渔网
被染成金色的海浪

海浪层叠
洋溢着果香
镜面纹路般地闪亮
马灯和木屋幸福地响着

你说你来了
我就从此
拒绝——
没有洗过澡的鸟
还有屠夫
我夜夜洗马　喂马
背上收好的背包　再放下

我彻夜挑灯

等你和我一起走

2016.3.29

致一只飞鸟

夜雾在空中弹着吉他
银河伸展
褶皱了天穹的舌头

我看你
舞在风里

我摘下一朵花

四顾
无人

2016.4

为草原所作

乡下的路
太窄
山的灵魂
要侧着身
才来到草原

草原的路
太宽
白云之下
只有一棵树
树的旁边有一个矮胖的神
神左手拿着烤羊
衬衫的第二颗扣子敞开着

那路中间
就他一人

2016.7

致长城

阴谋家们

站在山脚下

他们匍匐穿过英雄的骨骸

破败的龙

复活在他们心里

2016.8

唯心者

在最开始
春和夏是一汪水
秋还没从空中飘落
冬天是颤颤巍巍的神
没有种子
没有温度
似是而非的黑暗
还没被开发出创造太阳的智力

世界的脑子里
一道一道被流星吹出的皱纹
散发着四季被分娩出的腥臭

之后有了风
风是光的衣袖
它带来草、果实、树叶和枯枝

黑暗之外的那片海

低声颂扬着被拍碎的礁石
仿佛在描述
宇宙破裂的经文

那是四季之外的文字啊

最原始的
被废弃的灵感

2016.9.17

窗　外

面无表情

近处的云托着腮帮

用柔顺的鱼钩

钓着土地

石头还不至于　被赋予意义

从这片雨到

那片

玻璃的睫毛凋零

道路浑浊

悲伤摇摇欲坠

2016.12

他

他站在村子的这头
背后是茫茫的中国
远隔着一条溪流、海螺和椰子
村子的那头
是广大的深邃的北方

他沟壑纵横的手
攥着他那赖以生存的锄头
锄头杆上的青草
从他的脚下一路肆虐着
驱走了飞扬的眉毛

今年不是个丰收年
小麦挣扎着从迂腐的秋风中
一步一步艰难地踏进了大地
月光还来不及收割他沉默的忧愁
空气
比谎言更锋利的空气从他的鼻腔

推开了地球

他站在父亲、父亲的父亲、母亲……代代困在春天的土地上
他轻轻把冬天放进胸膛
他站在父亲、父亲的父亲、母亲……代代凝望的村子一头
背后是不断蒸发的波涛
远隔着神、信徒和异教徒
村子的那头
是寂寞也无法摧毁的清清的南方

2017.1

春 颂

我从未忘记
你大理石般　鲜花盛开的胸膛
你深如汪洋的眼睛

——这是不求上进的酒鬼酩酊的理由
不愿劳作者刻下碑文的时刻

你给予农夫肉体的深沉惩罚
给予这些可怜人　期盼的煎熬

我很庆幸
在年轻时　能目睹你轻快的一面
不至于　还未赞颂你的独裁

便沉没在行尸走肉般
四季的更替

2017.2

致大海

我想你了
我想念你的
发鬓　你的眉梢
你太久不给我写信了

我整个身体
以涨潮的速度

干涸在素白的木船上

好在我的心
还在跳动　还在跳动
它亲切地带来海鸥的讯息
还有那
久违的涛声

2017.2

朋友　艾历克斯

艾历克斯在想什么
湖早就干了
夏天以叙事者的口吻倒带
寂寞像藤蔓
拉住他的手

艾历克斯他再一次转过头
灯光是如此不牢固
黑夜轻轻荡漾
把云涂抹成河岸

艾历克斯嗫嚅着　他想说什么
孤独踏着空气急匆匆赶来
像酒塞一样堵住了他的嘴　不透风的玻璃
拉长脸

哦　可怜的艾历克斯

火山就要爆发了

你为何迟疑着不走?

2017.3

她

她

手指

勾搭起地球的外衣

浅蓝的睫毛

像是幼稚的口头禅

黑暗把

大海的盛怒

冰封成块

犹豫的空气呼啸着奔向陆地

她挥手

豹子在炽烈的光线下眯眼

渔网打捞起整个夏天

帆船加速

再加速

潮湿的甲板像黑硬的岩石

山河大起大落

远处的山头

到更远处

文明下沉

像是监狱

里面雪白的羽毛冲突着

一声声尖叫

来自不远处的呻吟

庸俗的作家在为罪犯、平民和粗鲁的公主立传

载满法令的卡车侧翻出去

要被斩首的不止是国王

乌鸦的眼神执着

广场也承受不住的寒冷在夜色中支离破碎

低调的老鼠

彷徨的垃圾堆

狙击手瞄着沉默的人群
天空有力地搏击着大地

无数双翅膀托不起围栏的忧愁
水手的叹息沾湿了衣襟

2017.4

贼

忽然想

写一个贼

——投笔从戎

背后小麦脸上的红晕

凄美像他的壮阔

2017.5

写给某个

我们

　　是否需要　在面包店相遇

　　——像狮子一样抢夺

　　但又高傲

于是

潮汐日夜叩着我的门

　　字母像思念一样涌来

山峰半跪着高举旗帜

慌乱的下午

空气轻轻躁动

我们　需要再学习什么

盛开的花

又执着

2017.5

你

你说你
忧伤得像头狮子
——不过是倒扣的皮囊
毛发竖立仿佛一块块海域
满腔怒火如此不切实际

你抿着坚硬的嘴唇
在一次次灵魂干枯的探寻
荒芜　寂寥

云在变化中挣扎

2017.6

骑　士

陆地漫过天空
夜是云的骑士
远远的灯火烧得焦黑

风扯开海的鳞片
垂手而立的房屋迎着星光低吼

暗桩潜伏
直到无被赋予意义
空气压紧时间的鸿沟

蹄印展开
折断的矛

2017.6

第二辑

大象与香蕉

名家寄语

著名诗评家张清华：

我读到了准确而又奇异的诗意与想象，它将少年的奇警之思，与对这个世界的某种怀疑、期冀和判断，结合得如此贴切。很显然，江合的写作能力远超出了我寻常的判断，他让人感到了一种力量——一种令一切忽视他的人心生惭愧的力量。

著名诗人潇潇：

最初读江合的诗，从他的思维、意向、表述、语言质地，都可以确认他是一个成熟的诗人。随着读的越来越多，从他的成熟里读出了更多的单纯和惊奇。单纯的成熟和成熟的单纯，今天的江合不是昨天的江合，明天的江合是东方江合。

著名诗评家敬文东：

江合犹如一张浑身充满敏感触点的感光底片，在和世界的相遇中，当即捕捉和呈现事物变化的光影和踪迹。他用诗歌传达出这样一种感觉：世界不是固定不变的原子结构和理性架构，而是一缕缕跃动的光线，一片片流动的色彩，是无所不在的初露端倪的潜能、动力和生机。

著名诗人艾子：

江合在诗歌界被誉为天才少年诗人。我所见到的江合——学习成绩优异、英语口语流利、书法屡次获奖，书包里经常装着一个篮球，一上球场便成灌篮高手的少年，他用非凡的想象力和语言驾驭能力开启诗歌清新的心智，亦用全能的质地，重新诠释了“天才诗人”的概念。

婺源（之二）

水

太清澈了

以至于

油菜花

香过了雪梨

江老还不知道

2013.10.6

葡萄干的看法

一颗葡萄干
粘在碗底

来年
不管是春夏秋冬
它都结果

最高的那颗
我正好够着

2014.2

台风、雨、蜡烛和无星之夜

风
鼓着腮帮
吐出
令人凉爽过度的东西
掺雨

我不明白的东西
星星知道
她的火光被雨浇灭
她借风
去追寻太阳

我凝神
只看见无风的夜
只看见无雨的夜
只看见满天星辰

我什么也看不见

只有无星的

夜

2014.7.20

威马逊台风之夜

大　象

鲸载着太阳
从深海升起
它腐败的身躯
溶化在空气中

两颗硕大的眼珠
落在地上
鲸的须
从根　开始僵硬
它不再像光线一样飞扬
它向上翘起
粘连在眼珠

大象开始嘶吼
太阳还在天上

2014.8

眺西雅图全景

妈妈看见
华盛顿湖
爸爸看见
海

我近视
只看见雪山
遥远的白帽子

2014.8.22

海　风

我看见海风
步履蹒跚
哦不
那不是步履蹒跚
那是他对沙的留恋

那雷鸣
是他轻柔的呢喃

2014.11

黑天鹅

苍穹近旁的黑暗
朦胧映射出海际
海面平静得像红茶
微微发烫的涟漪
裸露在沙滩上的月光牵扯出
奋力拍击云层的天鹅

天鹅身下是灿然浓烈的雾色
晨曦中惊醒的黑马

——自由的孤岛
残存在童话中的城堡
奔向艳阳的人们　瞧！
那带刺的藤蔓之网
被围困在海浪中的星哦

篝火的余温　将唤醒夕阳的坚决
驱走每一缕

海面上浪合的尘土和腥臭

渔妇与渔夫　冲向半裸的沙滩

——孤岛的臂弯

光线涌来

混沌中拥抱住希望

2014.12

终　于

你会铭记，自行车旁
　　樱花的落寞

那是武陵人
　　未眠夜

滚滚的惊雷

2015.3

鱼

森林
是鱼的墓碑
墓碑上的碑文
——土地的迷香

森林的简洁强硬
直到寂静的雨划过它的额头
阳光铲开大地
鱼的头盔熠熠生辉

2015.4.11

离　歌

刚愎的落阳是城市的眼睛
映射出街道的沉默。红绸舞在风里
果香的光

南山的细雨。北海的雪
　　沦落人
走在风里　徘徊的云

2015.9.1

龙楼的阳光

龙楼的阳光
很简单
透过海浪
沉入海底

树荫下
渔村的傍晚
未凉的咖啡
醒过的红酒

还有诗人
满是涛声的全家福

2015.9

西雅图的屋顶

西雅图的屋顶　以低低的天空
超越它年纪的苍凉

致函：
近来可好？
松鼠仍是棕色那只吗？

屋顶远远地抖一抖
以低低的天空

落款

署名处两个老人推着超市的推车
日期里填上购买清单

2015.10

我的忧郁

空气闷住了　我的忧郁
青灰色的雾
倒插在向上疯长的椰子树

忧郁
近似于
沉默
思绪一根根凋零

温暖黄色的灯光
靠在夜晚的
肩上

忧郁
即将穿上晚礼服
我对它招手

你好
雨里它说

2015.10

电梯和哈密瓜

我实在想不出
电梯和哈密瓜的关系

或许是刚刚吃完的哈密瓜
留了那么一丝一缕牵挂

那坚韧的甜蜜的丝线般的牵挂
卡在我的牙缝里

电梯上升的瞬间
我被扯回地面

盘旋在嘴边的苍蝇
依稀看见

门缝外
拾荒者麻木的面庞

2015.12

浴室有感

无数个
夜晚
翻腾在水汽中

热量跪在半空
我仰视着
聆听它的忏悔

2015.12

画

这是一幅画

中间被掏空

画布上深灰色的天空

簌簌掉下来

丑陋的孩子　被金色闪光的书

压死在他日夜耕作的土地上

他打着补丁的破布衫

被声带薄得像血痂的魔鬼珍藏

大地上农民的呼救

湮没在画框的阴影中

神

知道一切

2016.1

声 音

当一个人的身体
被所有情绪堵塞

——支离破碎在月光里的乌云
乌云外壳上镶嵌的清烟?

——或是被欲望挤压向天空的土地
土地与空气之间，成熟的黑色长袍?

——抑是无边无际广阔的宁静
宁静深处一圈圈绽开的海浪?

哦，我想都不是
因为我听见
木塞的鸣叫
——像是蒸汽机的
病根
它一步三回头地

病入膏肓

让齿轮迟钝在滚滚的风声

黑色的草原上仿佛凝固了时间
族人的猎刀挥出的惊雷
顺着惯性
跌入时间与土壤相拥的沟壑

斩落了风雪
我听见青蛙
在刺骨的雾气中
痛苦地嘶吼

2016.1.27

作于去广州的飞机上

地球岛 · 水和吉他的诗

一个　学钢琴半途而废的

人

蜷缩在瓶里

流浪

他顺着星辰日月江河

又逆着风

来到地球

——母亲种下的石头

他就这么浑浑噩噩地

舔舐着这座岛屿的

血脉

直到

哗哗流淌着的吉他

出现在他缺失了一半的

琴谱上

他拎起吉他
踩着空气上升

“找回我另一半琴谱”
他想
吉他嗡鸣着附和

2016.2.5

夕　阳

夕阳被叶片摁低了头
它随我的呼吸上下颤抖
天空俗得青翠
调子千篇一律

汽车折叠
橙红色虎视眈眈
占领世界的野心蔓延
像花

2016.3

空 白

该怎么描述一片空白?

——-广场被通知
风尘仆仆地赶往远方

死神的鼻息坚硬得像春天
它将会与哪片空白
在病恹恹的阳光里
谈谈未来?

2016.4

黄昏到黎明

黄昏到黎明
路途像深色的盒子
路灯蜿蜒在岔路口
世界与世界一个一个来
时间与下午成对地离开
离开的还有深秋的哀愁
窗一点一点暗下去

咖啡里的漩涡
转得像生锈的马蹄铁
枯涩地叮叮当当响着

2016.5

一首曲的结束

就是这样

就是这样

一层层裂开的海浪

就是这样

我站在歌剧院外

幻想一首曲的结束

蓝湛湛的目光

神所遗留的训诫

就是这样

2016.5.3

迁　徙

“云朵拖家带口
满世界奔走去寻找一个山头

或者沼泽”

——写到这里时
窗外有乌云啼叫

北风吹开的花
在清冷的喧嚣中
摇摇欲坠

2016.6 作于课时

记一场雨

透明的头发

垂在蓝色褪到发白的天空

水

就顺着流下

在无数条光线中

它洞穿一切

——树的灵魂、土地的迷香

地球——地球的躯壳!

宇宙在它的轰鸣声中

支离破碎

2016.6.2

课 桌

天气渐渐热了
水杯涨大
——课桌无法承受的重量
那汹涌而来的重力
压白了它的眉毛

对于蚊子的偏袒
让它不断后悔

阳光缩着脖子
填满课桌的胸膛

2016.7

四分半故事

四分半

270 秒

一首歌

四分半的故事

是赤红的短棒

城市的墓志铭

2016.8

富士山

富士山的雪化了
化成天空
在地球之外
又开成花

孙悟空翻过一朵又一朵云
终于落在富士山脚下
那片圆脸的湖泊

2016.8.9

草　原

山

像一个巨大的绿色的塑料袋

它舞在风里

人类还没走出那条无边辽阔的隧道

神

站在隧道口

他戴着耳机

银色的衣服

反射车灯灰色的光

2016.8.21

观马戏后感

马的瞳孔
像毛发一样发灰
它的高贵
是它自由的枷锁
它的血
流淌成伪装人类的恶魔

那是屈辱的低头
它舔舐着粉色的土地
幼嫩的皮和肉绽放在
黑夜的眼睛

哦
马，马啊
只有故乡是你的忧伤
只有天空
才是你
奔跑的倒影

2016.8.30

高　潮

鸽子　鸽子拉来了田地和雨水

天空像潮水一样褪色

自由骑着黑色的马

马蹄印铺开反抗的呼声蔓延

2016.9

听动员大会

云从砖和瓦缝中
凝视着远去的我们

在那一片太阳下的阴凉里
地球转动

血液顺着惯性向
与云相反的方向流去

我不想
毕竟雨还没下

2016.9.12

关于沙漠

我从没去过沙漠
但
过去，将来
我站在沙漠中央

雨、月光
被冲刷开的沙
像绽放的宇宙
我站在宇宙中央

沙漠
也无法把我吹走

2016.9.17

沉

下去

下去

用锈蚀的字眼描述幸福

沉浸在白光中的韵律

月亮

在一阵抑扬顿挫中

沉下去

下去

下去

背部隆起像脚跟

睫毛轻蔑地把天空压出皱纹

肥胖

叹息着生不逢时

沉下去

我低头看着指甲

把太阳旋紧在天空

耳蜗淌着血抗议

2016.10

包装袋

包装袋的鼻息千疮百孔
阳光逆行
它被风撑开
飒飒响着像迟归的披风

这匹透明的野马引领着人们的目光
穿过雨水　它
跨越地狱

2016.11

序　曲

女人

女人在劳作

土地里杂草的顽强超乎想象

虚伪像一位奴隶主

挥着鞭子役使着最后的良知

2016.12

文　明

一座座

人类从祖先那里继承来的智慧

沉默地拥挤在人类从自然那里继承来的土地上

曾经一代一代英雄

莽夫

哲人

昏君

从未被人类继承的天空

像悬在人类头上的绳索

所谓自由

——打破寂静的一声响屁

2016.12.2

阴　谋

下午
风暴跪在土地上
空气的目的性太强
天空碰到深海
一点点下沉
像下午一样
轻而幽静

它们都在想些什么
害怕是鞭炮还是烟味
夜晚轻轻地咳嗽
咳出浓得像血似的真相
玻璃晃荡着失眠

2017.1.29

田 野

啾啾

素未谋面的田野

啾啾

稻草人手里握着夏日的玫瑰

万物加速的最后一个深秋

田野迟疑着滞留

天空被拆开

远远的连绵的山河

连绵的山河

啾啾

素未谋面的田野

啾啾

2017.3

岸

那边　有水有山
土地闻起来有我的味道
——很多人这么想

海的疲倦像水草
人们背对背耕地

橙色的天空
席卷的太阳

2017.3

听课时又一次无聊

你好啊　瓷砖
怎样才能让你裂得更加均匀?
栏杆外的叶子
外婆家咕咕乱叫的鸡
还是阳光的可能性更大

逃生通道的标志诱惑着蚊子
对鱼的思念盘起
——那白色的消防栓
楼房疯狂地向天上长着
与天连起来终于成了吉他

2017.4

黄色的诗

远方黄澄澄的灯光哟
隔着大海它眺望我的眼睛
黄澄澄的骨架摆开月光
——夜晚的琴它弹着
身后黄色的天空乱石一闪而过

2017.5

沙

忽然想写海
夕阳的发梢
拂在海湾像冰

严重退化的栅栏
雨水蹒跚
我说海的眉眼像沙

沙轻轻笑
脸颊金黄
眼角不可一世

2017.6

帆

忽然想起啄木鸟
想起这个粗俗的世界
忽然想起帆
忽然
远远的夜色——
距离长得从地球另一端绕回
穿透了我
夹杂着鸟鸣围拢过来

我在让人窒息的静默中
大声喊着
喊每一个我可以亲切称呼的人
我把我自己升起像帆
风儿摇曳

2017.6

底　色

或者

我才是世界的底色

战火、诗与酒

在胸前连成一片

对于环境的描写更重要

沉默是最大的罪恶

鸟的鸣叫像石油一样

喷涌而出

2017.7

与长颈鹿和香蕉有关

与大地相比
长颈鹿
是最短的直角边

弯曲的天空
与香蕉密谋着什么

2017.7

第三辑

站在海水环绕的地方

名家寄语

著名诗人潘维：

江合的每一首诗都在写他对世界的认识，以及他和世界的关系。思路非常清晰，语言方式成熟而正统。他承接着新古典的人文道路，以他十五岁的年龄和才华，他的生长是一种必然。

著名文学评论家陈剑晖：

江合的诗是心灵与想象的天籁之音。

著名诗人江非：

与第一部诗集所代表的江合诗歌写作的阶段相比，收入第二部的这些诗作，已经发生了巨大变化，语言和感受的直观已经被认知的反思和主体性创生所代替，这意味着作为诗人的江合已经开始审视和捕捉“我”和世界那个语言性的关系，同时以疑问代替了确定。这是一个少年的成长，这个成长无疑将通向一个诗人的第二次对世界的直观。

著名诗人蒋浩：

少年激情与诗有一种天然的孪生关系。在江合这里，他少年老成地控制着这种天赋的美好激情，不仅把她内化于星空、大海、飞鸟等饱含象征的物象，更难能可贵的是，他聚焦于他自己日常生活中具体而微的电梯、哈密瓜、小阁楼等看起来毫无诗意的今日工具、食品、住宅等，他发现了它们与激情的相互成就，那是更难能可贵的诗。在这点上看，通过现实世界与自悟的相互教育和印证，诗之道源远流长，更让我期待他的继续努力。

与红酒有关

天空
泛着它被暴雨
烧红的瞳仁
悲悯地，悲悯地
为世界奏着颂歌

那浓烈的威士忌体香
掩不上
红酒
曼妙的眼神

那瞳仁　在
轻巧的酒香中
跌入大海

可能会很痛
但都醉了
还在乎得了什么呢

2014.5.29

念　想

我愿在此
向银河起誓：
“我将以夜风洗浴
再不接触含盐度
浓烈或柔和的水”

“我将用花瓶
盛起每一颗清澈的星”

“我将顶住
海风
沙丁鱼
和肉食诱惑的袭击
成为素食主义者”

“我将启航”

2014.12

乡 愁

一室
一灯
一人

执笔写清风
哀伤里埋伏

一夜
一纸
一笔

坐山看月落
全是寂寞

孤僧
孤寺
孤月

秋风入酒喝

夜色说莫愁

2015.5

额头开阔的雨天

它在地球的另
一端
房子高悬
在藕断丝连的细雾
远远的我隔着　粗糙的背影
只能看见　低垂的白云

在这个世界与宇宙的夹层
它像柚香一样流过
我的思路断在没水的笔杆里
在空气无奈的恶臭里
书桌轻轻眯着眼

2015.10

毁灭日

草原

高速公路横亘在草原

被压倒的草

是向风朝圣的信徒

一望无际的草与原

杳无音讯的草与原

水被空气排开

从天空上溢出

太阳，喔太阳

是她灿烂的体毛

远处有钟声的嘶鸣

蚂蚁不复存在

2016.1

关于城市

我看见很多人离开
离开这座苍老的城市

他们走入沙漠
沙漠是旋转的十八岁
划过一道弧线
——升腾又落下
穿过红白相间的树林
橙色的湖

离开城市的人走出了沙漠
带回了神和毒蛇

我知道我已经离开
离开这座苍老的城市

2016.4

又一首关于雨的诗

我题词　歌颂雨
我穷尽一世才情
把雨留在
颗粒的质感　裸露的大地

夜里无雨
雨下在橙黄色的下午

它是淡蓝色的雪中
孤独的闪电

2016.5.2

丁 当

丁当　丁当

暮色带领钟声包围了乌鸦的眼睛

丁当　当

空气的悲恸展开像一只倒挂的蝙蝠

丁当

盆地来回撞动着宇宙

丁

熔炉的倒计时结束

灵魂熔岩般化开

——看哪!

地壳终于撬起

岛屿紧闭的嘴巴

2016.6

关于老爸

关于老爸
关于老爸的诗
关于老爸的眼前
总有自由的风吹过

关于红酒
关于在土地怀里抖动睫毛的精灵
婉转着拥抱的诗意

关于高球
关于老爸与天空
关于老爸的手里有狂放的草原

关于眼镜和衬衣
关于那沉湎于文字间的倜傥

关于老爸与海
关于老爸的胸膛里涛声高亢

关于世界

关于这个世界

最爱我的男人

2016.6.19 父亲节

对光明的假想

阳光像接触不良的灯管
闪烁几下又灭了
油腻的黑色是疯狂的割草机
一次次旋转着切断青草的琴弦
山轰然倒塌
灰色的蚂蚁一拥而上
围绕着山顶的太阳做着不敬的假设

直到陌生的文字像巨兽一样奔来
土地这白发苍苍的老妇终于合上了眼

紧接来的
是骇客喜欢的黑暗

它把这个世界
引向光明

2016.8.5

关于四季与太阳

（一）四季的神的诞辰

太阳还没
从车轮的来去匆匆中
醒来
光收敛在
那蛋黄一样的太阳的平原
云
是鼓棒

（二）春

草
是春天的诗的题目

春天
被海——那个安详的老人
收藏在礁石做成的口袋里

（三）夏

又是雨
雨还不愿意落下
那仿佛针毡一般的
是滚滚而来的夏

渔网上挂满
渔妇望眼欲穿的海螺

海带
晃悠在晚霞上

太阳滴着水

（四）秋

火是新神的信使

它老迈、虚伪

它尽情燃烧着它的子民赖以生存的空气

披着枫叶的金钱豹
站在老神的藤椅后

装模作样地诵读着经书

金丝框的眼镜
从河流和大山
织成的大网中
窜走

(五) 冬

神的肩头
淌着血

冬是捆着音符的罪人

雪花从空中飘落

那头鹿

喝了一城市的酒

酒

在鹿的肚子里

长成白色的故事

（六）太阳不会落在没有四季的土地

壁炉烧成

长着白花的墓碑

飞鸟带来草、海螺、枫叶和雪花

老神

从南转向北

在浪迹天涯之前

他最后看看那座

连接春和冬的木桥

木桥上驶过

世界过去和未来的灵棺

太阳

不会落在没有四季的土地

2016.9.17

2017

然后

酒精过量的城市

然后

氧气弥漫的天空

然后

像大海一样前进的陆地

然后

时间背后

你的眼睛闪烁

黑夜旋转着

淡蓝色的星星一颗一颗

藏在轻轻的云后

当然

冬日的太阳没那么简单

吉他混合着琵琶

粗粝的香气

当然

2017

可爱得很

细腻得很

2017 年春节

半夜和老爸读诗

我　声音小得可怜
只在老爸的话里听到回声
台灯低眉顺眼

诗在被读时　想些什么?
——今早到访的小鸟
半夜徘徊的海
猴子面前我们是什么

——除此之外
一切静谧无比

还好这儿有两个人
窗帘拖拉着夜色

2017.2

那 天

酒鬼正为他的酒瘾
辩解着；上锁的抽屉，开着
的房门。可恨的欲望前，桌上的饭菜
如烟味一样，摇摇欲坠
太阳克制不住低垂的眉毛
雨点滚落，大海像破裂
的镜子。礁石是回响在那个下午的
一声惊雷；灯光下飞蛾唱着歌
小女孩划开最后一根火柴，路边
LED 灯借着她的手取暖
灰尘在灯管上闪着光芒，千万颗
蠢蠢欲动的亡命徒
公车从这一片空着的冬天开过
气流吹开小女孩身前的童话
远处的天空渐渐亮了
太阳是那个红彤彤的早晨
锁住时间的
铜锁

2017.2.9

从 前

寒冷面带桃花
酷暑的芬芳
四季在一次又一次后悔中
来了又走
只有这片土地
像心脏一样搏击着不朽着

云与云押不着韵
文字纷乱着变革
对树皮的一无所知
赶着它们去耕种贫穷

水
瘙痒难耐

2017.3

海口清晨

叮咚（夜晚沸腾，上下颤动）
叮（天空像破壳的鸡蛋）
叮（一丝光线斩开迟疑。降临）

咚（海水敲开海岸的门）
咚（海口的心跳）
叮叮咚（树新染了头发）
叮咚（椰子的脸庞坚硬）

清晨不说话
鸡扇动翅膀有回声
世纪大桥看天色剃着胡子

“去老街吧。”

“叮”
我敲醒窗外那丛三角梅

2017.4.6

站在海水环绕的地方

站在海水环绕的地方
我终于被阳光晒成我想要的形状

椰子树的未来和海鸟
幸运地重叠在一起
它们的躯干
守着海岛的凉爽

风像一条青蛇
被大海掐中七寸
悄悄趴在港湾

吹出一口气撑起
刀一样澄澈的天空

2017.4.6

关于独特

我在想
究竟是什么力量
让每一首诗都不同于其他

推力源自泛蓝的天空
它鉴别陆地与大海易如反掌
语言的匮乏像钢的脑子
——好面子的灰鸽
但关于爱与正义
空白就像一条
破得只剩腰带的
长裤一样
可怜
兔子跳来跳去
森林里的气氛不同以往

2017.5

老妈与我

晚霞的到来让人猝不及防
从天边涌来
它烧光了将落的雨

渐变的心情像渐渐柔软起来的海

我在前面一步三回头
老妈在后面慢慢跟

直到夜晚睡着星星忘记发声

太阳高举着牵挂紧跟着车轮远去

出乎意料的料理香气散开
像你一如既往的温柔

2017.8

雨还在下

——致洛夫

雨还在下
太阳永不落

从黑的颜色中诞生的太阳
爆炸开的白
——遗忘像碎片一样
割伤空气

森林准时亮起来
它绿色的光指引岩石盛开
站在无根的漂木上
游子摘帽向废墟致敬

雨　还在下
太阳永不落

2017.8.26

第四辑·连着阴雨的天气我所不知道的

名家寄语

著名诗人雁西：

一颗清澈的心，流淌纯真与美好。江合以超常的想象和语感，写出了一个少年与世界的对望，体现了天才的少年才情和阳光的少年品格。

著名诗人、诗歌评论家夏汉：

让我惊异的是，一个十五岁的少年，在诗里却已经拥有了知性的感悟，这在同龄人中是少有的。写出“即使海水激涌的浪花溅射不到峭壁”“叶片痛到弓起腰”这样的句子，还有一次推理的题旨，几乎就是一种诗学的成熟了。故而，以我对 90 后诗人研究的经验，这位 00 后少年诗人注定是可以期待的。

著名诗人、评论家赵卫峰：

在此，我感慨的是，语言的把握与运用何其重要，它开始成就了诗，最后也是。于此，对这位非常年轻的作者，必须称赞。

诗人、CCTV 中国成语大会冠军、中国诗词大会亚军彭敏：

大多数天才少年带给我们的惊异，往往停留在“哇，ta 在这个年纪居然写出这样的诗”！随着年龄优势的丧失，他们通常逐渐消隐在同辈的写作者当中，或泯然众人，或转行罢笔。而当我读到林江合的这本诗集时，主要吸引并震惊我的不在于他艺术上的早熟，而是诗歌质地和文本结构中，那种有可能通向宽阔、雄奇乃至伟大的可塑性与延展性。我相信这将是一个不同于以往的天才少年，一个未来将会很长也很值得期待的天才少年。希望他能以绵长的沉潜，将他今日炫目的履历，化作未来不懈的耕耘。

军训时，想到潘维《在那遥远的北方》

军训时
阳光是犁
我们是麦子

军训时，我想到潘维
想他在那遥远的北方
看那缩成黑色纽扣的村庄

军训时，我渴望
南方有白色的飘雪
或者一场彩色的雨

2014.9.2

夜中惊醒空气的雨

四月了
阳光又储藏在我的床上
炽烈地灼烧着夜晚一切清醒的事物

四月某一天凌晨的雨
在黑色烟幕的掩护下
惊醒了空气
与我
但我无缘去想
发生在雨中　被浸湿的衣衫

也许春就这么错过了我

2015.4.11

远方或者以北

好奇那虚无缥缈的远方
或者以北
朦胧的黑暗

黑暗以北
是孤岛的星光也无法触及的
那是广大而陌生的北方
北方的　陌生的骑士
飞越每一条我梦中令我百思不解的河流

我渴望每一个种子
每一个世界的萌芽
每一个被时间发酵的故事

但是扑面而来的暴风雨
揭开了我所有的伤疤

2015.7

法国阴谋

从我航班落地的那一刻
我的直觉就告诉了我

有人　在密谋我的心
他用葡萄藤的幻想
一点点　一滴滴
实施了他的阴谋

——我的心被蚕食了太多

于是，当我离开时
灵魂挣扎着——

穿过那疲累而兴奋的身体
留在了那遥远的土地——

一堆白的　黑的
鹅卵石

2015.8

记法国尼斯日月同辉的某一天

晴天，墨一般浓稠的月
夜半，琴弦般温柔的太阳

一场法式娱乐节目
两个至高无上的评委

吟唱云霞的艺人
从四面八方赶来

弹着吉他
淋着雨

2015.8

黑色月亮

我只需要在人群中
藏起我的影子
把它从不属于我的喧嚣中剥离出来
黑色的月亮下
我看着人们笑着来往

他们缩着舌头道着祝福
眼珠在昏黄的眼眶里转啊转
雪花在他们的鼻梁疯狂地碰撞

银白色的天空里满是火花

阿瑞斯轻轻卸下铁甲
倚着自己的血肉
他在小丑的期望里
奔腾蜿蜒着犹豫着
他迟暮着又炽烈着
生锈的长戟

一段一段崩溃

他不再是战神

幻象般的云朵下他忏悔着那朵花

2015.11

我必须宽容

我必须要宽容
我——必须要宽容！
即使海水激涌的浪花溅射不到峭壁
——壁上的城堡
城墙将会铭记
用……
不朽的指尖

托起是或不是蓝色的天空
即将或永远不会下沉的陆地

我看见所有人
在空气的痣里
颜色深浅
熔化的
光的大小

叶片痛到弓起腰

突起的血管

蜿蜒潇洒

——像执刀轻笑的大侠

在他的最后一丝风里

蔓延成

痣

2016.2

之 后

风在坡上谄媚地鼓吹着
雨
落在云上
月光
还不肯下来

路人从那棵树旁走过
眼神蒙眬地寻找着逃离重税的理由
坡的背面
钢铁黑漆漆的侧影
在幽深的灯里
一闪而过
星星把路人
叫停在树下
“仔细去感受地球的另一面，”星星说
“那是树无奈的根”
“去感受
坚硬的泥土上

劈开岩石这恶臭波浪的　大帆

那小心翼翼奔涌在船头的星光

粮食、蜡黄的植物倒向土坡

它们

是斩断陈旧的镰刀”

树　孤零零

在世界的另一边

波涛在它身前岔开

雨　绕着树下起来

雨帘　撑开

像是灰色圆顶的伞

路人和树

这荒唐的梦里的孤岛

树枝躁动的绿叶粉饰着

路人的苦难

寂寞就像船桅上的酒

千千万万水手站在冻裂的坡的底端

他们摘下黑色的帽子

高举双手低吟着

雄浑的歌声里

大海弯腰拾起锚

腐朽天空下

路人和树

或许是那驶向风暴的大船上

仅有的光明

2016.2

臆　想

我轻抚你

道路般绽放的伤疤

山坡的臂弯

层层叠叠水银的光泽

土地被竖起来

——它倾斜着

插入淡粉色的天空

齿轮一样啮合

山丘　从天空飞落

像子弹般旋转着

高速地倾泻着碎石

—— 一切一切

义无反顾

你冲向黑暗

2016.3.31

一位守旧者的时光

(一)

守旧的贵族
山羊胡子上滴着血
漆黑的圆顶礼帽
旋转在相框
——被湖水映射出的阴影

他睁开眼
把身体挪向屋外
在幻想的阳光下
光合作用
思想苟延残喘
一步步摔出了躯壳
在海水淹没他的
最后一瞬间
他终于梦见了田野
断了尾巴的田野

窸窣在夜里树梢上的田野

(二)

牛车
碾过
地精残存的洞穴
——开口朝天
容纳沙沙在田野上的
树叶
种子生长成春天
在夏季惊雷的
车轮下
发芽

秋天是枝
弯曲着探出贵族的梦
雨开始下

贵族平躺在咸而干燥的海上

水珠激起云

太阳回荡着波浪

山一丝丝合拢他的身体

天空是一朵

冬天的花

2016.5.3

只有群星

弯曲的天空
被折叠成　流动的玫瑰
太阳底下的箴言　悠悠地转着
烧红的云是飞鸟的桅杆
它忧郁地从南　面向北

东方的光　穿过地球的灵魂
流淌出炽热的铁笼

老人颤抖着声带——

只有群星
配做这个世界的背影

2016.6

轻于精神的

轻于精神的
都将上升

颜色——蓝或灰
不会上升
水对思想的浮力
不会上升

近视眼，瞎子
土地，绅士
不会上升

红酒——哦，红酒
它比空气重了太多
比精神
略轻一点

2016.6.9

开　始

在最开始
春和夏是一汪水
秋还没从空中飘落
冬天是颤颤巍巍的神
没有种子
没有温度
似是而非的黑暗
还没被开发出创造太阳的智力

世界的脑子里
一道一道被流星吹出的皱纹
散发着四季被分娩出的腥臭

之后有了风
风是光的衣袖
它带来草、果实、树叶和枯枝

黑暗之外的那片海

低声颂扬着被拍碎的礁石

仿佛在描述

宇宙破裂的经文

那是四季之外的文字啊

最原始的

被废弃的灵感

2016.7

短信人生

我站在屏幕外
一条条联系人的名字
——粗体黑字
加重语调诉说滑动着的枯涩
名字下细细灰色的短信缩略内容
从最上方——1000 篇文章的第 1 篇
变化到第 990 篇

—— 一首 990 行的诗歌
—— 一次 990 行的旅行

剩下的 10 篇
9 篇是他们的人生
最后 1 篇给我感慨

我动动指头
就完成
闪着金属光芒的
轮回

2016.7.10

连着阴雨的天气我所不知道的

车灯

歪歪斜斜从

歪歪斜斜的雨里

一圈一圈绽开

天空绽开

寒冷绽开

世界漾开像雨夜里那些歪歪斜斜的东西

车轮碾过跃起的水珠

霓虹灯的光

被一道一道割开空气的低温

拉扯着回归泥土

窗外的车龙

歪歪斜斜从

歪歪斜斜的亮光里

一圈一圈绽开

理想绽开

闪电绽开

宇宙漾开像意料之外那些歪歪斜斜的东西

我在车里泛泛而谈

吹牛、冷得哆嗦

这我知道

2016.8

一次推理

叶子的黄绿
不同寻常
——即诡异!
泥土紧闭嘴巴是掩盖什么?

太阳　明亮的光线
显然是障眼法
月亮的指纹很可疑

鸟在枝头唱歌
——这难道是得手后的喜悦?

春天，春天
春天它一定窝藏了些不为人知的秘密

——终于我看见
寒冷在向世界兜售
它的离去

2016.8.21

一 年

一年

是一位

浪迹天涯

背着吉他的诗人

他迷路

从宇宙外那艘大船

来到这渺小的路

这路有四段

第一段名曰春

诗人从这走过

在吉他背面刻上

“这里的草

和正在分娩的这片天空

哦

我来过这里

我看过这里的溪流

这里的音符”

他继续向前
来到路的第二段
名曰夏
诗人看着路两旁绿色的温泉
泉眼上，一只黑鸟飞过
它所经过的地方
长出了参天大树

诗人拿出纸笔
摇曳着吉他的弦
写下一首
轻快的颂歌

诗人不知不觉
走到了路的第三段
名曰秋

像太阳一般燃烧着的枫叶

铺满路

诗人捡起一片

在正面刻上

“这是秋

秋是

果实　落在我走过的路的季节

它内敛、守望

在秋绽放的时候

我将离去”

诗人走到路的

最后一段

这段路名曰冬

“冬天是大船返航的时候啊

它会披着雪花

星星像小狗

踩着结冰的银河

跟着大船回到起点”

诗人想着

他摘下吉他

轻轻弹着

回忆着宇宙外那艘大船

歌里唱出一朵花

一座白色的楼梯向上

歌声散在风里

黑鸟飞过草原

那花

又开成了春

2016.8.24

又见四季

春

在青翠的号角中
春匍匐前进
绿色的风
裹住衰老的寒冷

夏

太阳
挣脱了云层的束缚
这个世界被炙热的箭射中
荷花在一角开了

秋

金黄色的忧愁
像水一般漂浮着

动人心魄的诗

颂扬着熟透的果子

冬

雪是冬的衣摆

它飘舞在天空的额头

稀疏的云回响着

流浪的人对孤寂的呐喊

巨人托起四季

无边辽阔的寂寞

2016.8.26

思　月

雷霆
不再美酒四溢地庆祝着骤雨
只有漫长的烟雾呵
还在不舍地舞在风里
忧郁的大海
一把没有形体锋锐的武器
从无边的星光中
轰的一声劈散了宇宙
粉色的小溪
从森林的高塔倾泻下来

天边那瞎了眼睛的巨人
用尽心脏最后一滴坚硬的血
把手伸向天空
在与黑暗再度相逢之前
他摸索着抓住了光

2016.9.17

雨夜·武林旧事

我痴迷地吸吮着
这缠绕着蛛丝的空气
疯狂地让它
像两道龙卷风
席卷在我的鼻腔

鼻黏膜“呲”的一声裂开了
鼻血长流
蜿蜒曲折地汇聚出
雨滴的芳香

我看见闪烁着寒气的泪光
出没在黑夜的肋骨
编织出天空的血肉

谁阻我横刀立马?

醉眼蒙眬

我指那漫山灯火

仰天长笑

2016.9.17

趁

趁黎明还没到来
趁城市还没睁眼
趁阳光还没嘶吼着飘落
趁街道还没那么糟糕

那
就着灯火吃饭吧
我会弹着我不擅长的钢琴
或者我即将学习的吉他
趁着这个世界还没奔向我
我要披着宇宙的皮囊逃跑
带上我仅有的诗歌

趁洪水渴望自由
趁台风渴望歌舞
趁地震仍未蹒跚
趁火苗渴望我的衣摆

我

要这么冲向脱缰的天空

痛击这些散落的云

我将用我一知半解的英语

以及一无所知的法语

趁我仍需求孤单的水潭

我要臭骂这些垃圾，这些软弱的演说家！

我渴求闪电，渴求雷霆！

趁我热爱这汉语

趁世界和平

趁群星闪亮

2016.9.17

贵　族

光在盘旋
我们知道
我们也不知道

那篝火一般的光啊
我渴求它
但我被我的爱人拉扯着

请不要离开！

光的身旁
我们知道
但我们不愿知道

光真刺眼
我的或不是我的土地！
阴影里是真正的财富

城堡的影子熔在土地上

地牢坚不可摧

光在胸膛

我们知道

我们一切都知道！

光是镣铐

它锁着自卑、懦弱和迟疑

大地的呼息不羁而滚烫

2016.9

故　乡

我不会忘记
这座城市的背影
——沉默
　　还没通电的地方闪烁着黑暗
　　通上电的地方肆无忌惮地盗用着月光
——愚昧的荧屏追寻自由。
但他们，它们都不会
遮挡荒草的光芒
大地起伏着托起藤椅的下午
没有乐器能够描述这座城市
它就是奔涌的海浪

站在不被灯光覆盖的夜里
有无数生物，模仿着海浪高歌
我不是它们中的一员
但是站在树叶下。我有我的笔

但是站在夏天的汗水下。我有我的笔

——我从没有如此为这座城市的坚强自豪过
它在无边遥远的蓝色庞大的海里
涌向无知的云
鲸鱼振动鼻腔
土地像乡音一样空灵

2016.10.2

阁楼与早晨

喉咙疲倦
走廊像呛住螳螂的黄雀
曾经有一根烟头燃烧

白色与白色
联手掐断了诗歌

红色
止不住的眼泪

还有青黑色
欢快得诡异

橙色迷茫

绿色
绿色早已颓废
腼腆的肚子渲染着酒气

蓝色粘在窗户上
钢铁虚伪得一塌糊涂

阁楼的钟声还没盖紧
盐一样咸涩的金色席卷而出

太阳的眼睛
花一样绽开

2016.12

无　题

我

愿意承诺做一个他、她、它想我成为的人

山说不

河说不

天空说不

土地说不

风　它说

不

那……我该承诺些什么?

灯火假得可怕

触觉——这种不靠谱的东西

它从深海升起

春天的脊梁终不会弯

我还记得夏天的眉眼

——那夜和海

老去在秋与冬之间

那时太阳喧嚣无比

银河作弦

永生不甘寂寞

2017.1

更深处

我在更深处
癞蛤蟆盯着天空
——那像一块冻硬的果冻
再往深处走
向上

烟圈横着飘过去
大海类似于倒扣的帆船
莫名其妙的姓

从陆地我
又落回天空
葡萄　倒塌的栅栏
它的成熟似曾相识

2017.2.6

自 由

这样　我
难免心惊胆战
感慨做作与不公

刚刚扬起蹄子的马儿
摔得七荤八素

背起背包的我
被迫接受
这来历不明的自由

2017.3.20 作于考试后

之 外

在这里我
看到破碎的瓦片
破碎的房屋——它从瞳孔处裂开
贫穷在潮湿的地上呻吟

灯火喘着粗气
一点一点爬上夜晚

道路尽职地平坦着
天空拧干舒展的云
我手握着寒冷在这里膨胀着
炽热的愧疚从我胸膛
呼啸而过

2017.4

晚餐时刻

光头
烟雾一样迷蒙的光线
坚定的马后炮

我和一对椅子面对着坐着
无聊像星星一样炸开

——湖边的独角兽
脚印像森林中迷途的情愫

暗不下去的太阳砰的一声碾碎了餐桌
迟疑着的刺痛
在无数赞美中
飞升成仙

2017.5

旅　途

数学老师，语文老师
开着面包车
车里装着公式、鲁迅和东坡先生

轰轰隆开
向寒冷扼住城墙咽喉的地方开去
尾气飘得很远

“之乎者也”像雾霾一样
压低了太阳

2017.6

后　记

这是我的第二本诗集，诗集所收录的一百一十五首诗作，分成四个篇章，每一篇章中的每一首诗都有自己独立的感情、独特的内涵，但又互有关联。我想，这应该是诗歌自由的天性使然吧。这些作品时间跨度是我小学毕业到初中毕业，不少作品往往经过灵感突至、否定、纠结、再迸发……许多磕磕碰碰，一次次的修正与探索，为各种各样的事物，为我所热爱的这个世界、我所热爱的人们、我所热爱的生活。

整理这本诗集的过程中，曾想过几个待选的书名：《他》《声音》《2017》《连着阴雨的天气我所不知道的》《站在海水环绕的地方》。我曾经想就以《他》命名这本诗集，但最终我选择了《我必须宽容》，我希望这是自己在今后的学习、生活中，在面对这个并不完美的世界时的一种态度。我希望自己不只是宽，更能做到容。是的，我必须宽容。

诗歌让我陶醉的，不仅是那穿梭于丰满璀璨的诗句里的新奇与独特，更有千变万化的灵魂在自由飞翔，正如美妙无垠的星际寰宇，浩渺而梦幻。

一开始，我仅仅是凭借粗糙的构建，抓住一闪而过的灵感，发展成一首诗。这种感觉很不错——在不断变化的外界条件影响下，我的诗歌所表现出的心态和情绪甚至是风格，都可能迥然不同。这是一种存在着很浓烈的角色代入感的产物。在我的诗里，我的“我”之意识很强，无论题目如何，我所写的，即是在“我存在”的前提下对于事物的感触或念想，一定存有遗憾，期望我以后能够多学习，再长进。

感恩对我厚爱有加并给予我导向和引领的洛夫、吉狄马加、顾彬、韩少功、李少君、黄怒波、张清华、潇潇、敬文东、陈剑晖、谢有顺、孔见、梅国云、艾子、江非、蒋浩、潘维、雁西、夏汉、赵卫峰、冷阳、彭敏等诸位前辈大家和老师，感恩与北岛老师、多多老师的多次见面，对于年少的我无疑都是诗性的加持。

感恩苏小懒姐姐一直那么宠我。

感恩诗歌，是诗歌让我从小拥有很多同龄人无法知晓的神秘星空和七彩虹霓。

感恩作家出版社和编辑阿姨。

感恩我在海南中学三年难忘的初中时光……

感恩我所有的家人，感恩他们对我的百般呵护，爱而不纵，并充分尊重了我的想法。

最后，引用一下老爸的话："不仅要把诗写好，更要把日子过成诗。"祝愿热爱诗歌的人们都能够把生活过成诗！

林江合

2017.8.29 于海口